DEUXIÈME VENTE ZÉLIKINE

OBJETS D'ART

et

D'AMEUBLEMENT

des

XVI, XVII, XVIII Siècles

Tableaux, Dessins, Pastels

EXPERT M. H. STETTINER

MAI 1908

CATALOGUE

DES

OBJETS D'ART

ET

D'AMEUBLEMENT

DES

XVIᵉ, XVIIᵉ, XVIIIᵉ SIÈCLES

SCULPTURES, TERRES CUITES, MARBRES, BRONZES, PORCELAINES, FAIENCES

Tableaux, Dessins, Gouaches, Pastels

MEUBLES

Appartenant à M. ZÉLIKINE

ET COMPOSANT LA DEUXIÈME VENTE QUI AURA LIEU

HOTEL DROUOT, SALLE Nᵒ 1

Les Vendredi 22 et Samedi 23 Mai 1908, à deux heures

Mᵉ F. LAIR-DUBREUIL
COMMISSAIRE-PRISEUR
6, rue Favart
PARIS

Mᵉ HENRI BAUDOIN
COMMISSAIRE-PRISEUR
Successeur de Mᵉ PAUL CHEVALLIER
10, rue Grange-Batelière.

Assistés de

M. ARTHUR BLOCHE, EXPERT PRÈS LA COUR D'APPEL
52, rue de Châteaudun
Chez lesquels se trouve le présent Catalogue.

EXPOSITION PUBLIQUE
Le Jeudi 21 Mai 1908, de 2 heures à 6 heures

CONDITIONS DE LA VENTE

Elle sera faite *au comptant.*

Les adjudicataires paieront *dix pour cent* en sus des enchères.

ORDRE DES VACATIONS

Le Vendredi 22 Mai 1908

Tableaux, Dessins, Pastels, Gouaches	196 à 255
Porcelaines	114 à 158
Faïences	159 à 162
Bronzes	94 à 113

Le Samedi 23 Mai 1908

Suite des Bronzes	32 à 93
Sculptures	1 à 31
Meubles	163 à 195

Paris. — Imp. de l'Art, Ch. Berger et Cⁱᵉ, 41, rue de la Victoire

DÉSIGNATION

SCULPTURES

1000

1 — Buste d'enfant, grandeur nature, en terre cuite. Attribué à FRANÇOIS FLAMAND.

900

2-3 — Deux grands groupes en terre cuite : allégories du Printemps et de l'Été, symbolisés par des nymphes debout et des enfants. XVIIIe siècle.

4 — Buste de femme en terre cuite, à coiffure haute, parée de joyaux, coiffée à la Maintenon, corsage plissé et décolleté. Fin du XVIIe siècle ou commencement du XVIIIe siècle.

5 — Bas-relief en terre cuite : Vénus et les amours prenant un sanglier. Attribué au XVIIIe siècle.

210

6 — Bas-relief en terre cuite : Jeux d'enfants, encadré. XVIIIe siècle.

7 — Tête d'homme, grandeur nature, terre cuite patinée. Attribuée à la fin du XVIIIe siècle.

2

8 — Petit buste-reliquaire d'homme à longue barbe. Sculpture sur bois, attribuée au XVI⁰ siècle.

9 — Buste de petite fille en terre cuite : portrait de Mademoiselle Constance de Serre, par POTEVIN. Signé. Époque Premier Empire.

10 — Buste de jeune femme, coiffée à la Titus. Terre cuite. Commencement du XIXᵉ siècle.

11 — Pendule, formée par un groupe en terre cuite, allégorique à la Musique. Attribuée au XVIIIᵉ siècle.

12 — Groupe en terre cuite : Milon de Crotone.

13 — Petite statuette de Mars en terre cuite. Signée : *G. Évrard.*

14 — Deux groupes de deux enfants en terre cuite, par BOUCHARDON.

15 — Statuette de vestale s'appuyant sur une colonne. Terre cuite. XVIIIᵉ siècle.

16 — Haut relief en terre cuite, représentant une femme drapée. XVIIIᵉ siècle.

17 — Buste d'homme en terre cuite, la tête tournée vers la gauche, avec cravate à jabot. Époque de la Révolution.

300 18 — Groupe en terre cuite : Bacchant et Bacchante marchant, serrés l'un près de l'autre. Fin du XVIIIe siècle.

165 19 — Deux groupes de Nymphes endormies, terre cuite. Attribués au XVIIIe siècle.

20 — Statuette de Lutteurs en terre cuite. Attribuée à Pajou.

21 — Figurine en bois sculpté, représentant Jupiter enfant. École du XVIIIe siècle.

180 22 — Statuette de Diane surprise au bain, en marbre. Attribuée au XVIIIe siècle.

260 23 — Buste d'enfant en marbre, la tête tournée vers la gauche, les cheveux frisés tombant sur les épaules. XVIIIe siècle.

24 — Très petit buste de Voltaire en marbre tendre. Signé : *Köglet*.

25 — Tête d'enfant en marbre. Travail ancien.

26 — Petit bas-relief en marbre, représentant un trophée guerrier.

27 — Pendule en albâtre, avec groupe de deux figures mythologiques. Époque Premier Empire.

28 — Bas-relief sur marbre : bouquet de fleurs.

29 — Statuette d'enfant caressant un chien en marbre. xviiiᵉ siècle.

30 — Haut relief en albâtre, représentant l'Enfant Jésus caressant sa divine Mère. xviiᵉ siècle.

31 — Bas-relief en pierre, à personnages de l'histoire ancienne.

BRONZES

32 — Paire de grandes appliques à trois lumières en bronze ciselé et doré, à rinceaux feuillagés et fleuris. Époque Louis XV. (Branche cassée, ressoudée et redressée.)

(Collection Kotschoubey.)

33 — Deux vases en marbre rouge griotte, forme ovoïde, garnis d'une corde en bronze doré.

(Collection Kotschoubey.)

34 — Deux socles carrés en marbre blanc, garnis de bronzes dorés.

(Collection Kotschoubey.)

35 — Trois appliques en bronze ciselé et doré à têtes de satyres sur gaines à piécettes enfilées, à une lumière rinceaux feuillagés. Style Louis XVI.

(Collection Kotschoubey.)

315

36 — Paire de bras d'applique en bronze ciselé et doré à deux lumières, modèle à branchages feuillagés. Époque Régence.

(*Collection Kotschoubey.*)

125

37 — Deux bras d'applique à deux lumières, à branchages feuillagés et contournés. Style Louis XV.

(*Collection Kotschoubey.*)

185

38 — Deux bras d'applique à branchages feuillagés en bronze doré. Style Louis XV. (Incomplets.)

(*Collection Kotschoubey.*)

240

39 — Deux bras d'applique à trois lumières en bronze ciselé et doré à têtes de sphinx.

(*Collection Kotschoubey.*)

155

40 — Deux bras d'applique à deux lumières en bronze ciselé et doré à branchages contournés et feuillages. Style Louis XV.

(*Collection Kotschoubey.*)

135

41 — Bras d'applique à trois lumières, modèle à branchages rocailles en bronze ciselé et doré. Style Louis XV.

(*Collection Kotschoubey.*)

200

42 — Deux bras d'applique à rocailles feuillagées, à deux lumières. Style Louis XV. (Incomplètes.)

(*Collection Kotschoubey.*)

43 — Diverses branches d'applique, pièces de montage et fragments d'objets variés en bronze doré. Styles Louis XIV et Louis XV.

(Collection Kotschoubey.)

44 — Paire de candélabres, formés de groupes d'amours portant des bouquets de fleurs, à trois lumières, en bronze doré, sur socles en marbre bleu-turquin. Époque Louis XVI.

45 — Deux bustes d'enfants en bronze à patine claire. Attribués à FRANÇOIS FLAMAND et signés.

46 — Pendule en bronze ciselé et doré, forme monument couronné par une Diane chasseresse, cadran signé : *Denoyelle, à Paris.* Époque Louis XVI.

47 — Statuette d'enfant assis et pleurant. Bronze à patine brune, d'après PIGALLE.

48 — Pendule en bronze, partie dorée, forme monument couronné par une figurine de femme assise. Époque fin Louis XVI.

49 — Paire de flambeaux en bronze doré, modèle à rocailles. Louis XV.

50 — Paire de petits flambeaux en marbre blanc et cariatides de béliers en bronze doré. Louis XVI.

51 — Paire de flambeaux, formés de figurines d'enfants, en bronze patiné ; bases en marbre blanc, garnies de bronzes dorés. Louis XVI.

52 — Pendule, forme monument en marbre blanc, couronnée de trois amours triomphants, orné sur le devant d'un médaillon, allégorie de la Musique en Wedgwood, et au-dessus d'un bas-relief en bronze doré : Jeux d'amours. Cadran signé : *Folin, à Paris*. Époque Louis XVI.

53 — Statuette d'amour, bronze à patine brune, assis sur un socle en marbre rosé, garni de bronze doré. Époque Premier Empire.

54 — Deux brûle-parfums en porphyre, montures forme trépieds en bronze ciselé et doré. Époque Louis XVI.

55 — Pendule en marbre rouge griotte, garnie de bronzes dorés, couronnée par une figurine d'amour. Style Louis XVI.

56 — Socle en bronze, décor à guirlande de fleurs. Époque Louis XVI.

57 — Vase en verre agatisé, monture en cuivre. XVIII° siècle.

58 — Socle d'applique pour pendule, garni de bronzes rocailles. Époque Louis XV.

59 — Petit groupe en bronze patiné et doré : l'Éducation de l'Amour. Époque Premier Empire.

60 — Cerf courant en bronze doré. Commencement du xixe siècle.

61 — Paire de flambeaux argentés. Époque fin Louis XVI.

62 — Cheval au pas, bronze à patine brune, sur socle en palissandre, garni de bronze doré.

63 — Statuette, bronze patine foncée : Vénus à la colombe.

64 — Quatre lions couchés en bronze doré.

65 — Lanterne avec cage en bronze doré, à guirlande perlée. Époque Louis XVI.

66 — Lanterne pantagonale, cage en bronze poli, ornée de feuillages. xviiie siècle.

67 — Socle en bronze doré à rocailles. Époque Louis XV.

68 — Cheval lancé au galop en bronze, patine brune. xviiie siècle.

69 — Statuette d'amour en garde, bronze à patine foncée, arc et carquois dorés, sur socle carré en marbre garni de bronzes avec médaillon de Wedgwood. Fin du xviiie siècle.

70 — Statuette de Minerve assise en bronze, à patine foncée. xviiie siècle.

71 — Deux statuettes en bronze, patine foncée : Mars et Minerve. Époque Louis XIV.

72 — Statuette de Bacchante dansant, bronze à patine brune sur socle marbre blanc garni de bronzes dorés. Fin du xviiie siècle.

73 — Figurine d'enfant assis tenant une grappe de raisin en bronze doré. Fin du xviiie siècle.

74 — Figurine d'amour assis tenant un vase dans ses mains, bronze doré. Époque Louis XVI.

75 — Statuette de Bacchante marchant et souriant. bronze à patine claire. Fin du xvie siècle.

76 — Statuette de Nymphe nue caressant une colombe, bronze à patine foncée sur fût de colonne en marbre gris, garni de bronzes dorés. xviiie siècle.

77 — Deux petits Sphinx en bronze, patine foncée, les ailes dorées, socles marbre. Époque Premier Empire.

78 — Chenet formé par un sphinx sur socle à arcade, bronze ciselé, patine foncée. Époque Louis XIV.

3

79 — Lion héraldique debout tenant un écusson, bronze patine claire, sur socle carré en bronze doré. Époque Louis XIV.

80 — Deux chevaux au galop, bronze à patine claire, sur socles, bronze doré. XVIIIe siècle.

81 — Statuette d'amour debout, bronze à patine brune. Époque Premier Empire.

82 — Deux chevaux couchés et caparaçonnés, bronze à patine claire, sur socles en bronze doré à contours. XVIIIe siècle.

83 — Flambeau en bronze, parties dorées, à figure d'amour. Époque Premier Empire.

84 — Deux socles en bronze ciselé et doré, dessin à coquilles et rocailles. XVIIIe siècle.

85 — Fragment de frise circulaire en bronze vert représentant une bacchanale d'enfants. XVIIIe siècle.

86 — Cheval Pégase au galop en bronze, sur socle en marbre blanc et de couleur. XVIIIe siècle.

87 — Écritoire formé par un plateau en laque, décor à personnages avec sonnette et godets en bronze doré. XVIIIe siècle.

88 — Pendule, fût de colonne cannelé en marbre blanc. Époque fin Louis XVI.

89 — Haut relief ovale en bronze à patine claire : buste d'enfant à chevelure frisée et habillé à l'antique. Cadre en bronze doré. Époque Louis XIV.

90 — Deux grands chenets à balustrades avec sphinx couchés en cuivre et bronze. Époque Premier Empire.

91 — Enfant sommeillant en bronze patine claire. Attribué à Coustou.

92 — Deux porte-bouquets en cristal vert taillé, montures bronze ciselé et doré. Époque Louis XVI.

(Vente Talleyrand-Périgord.)

93 — Suspension en cristal taillé, monture en bronze doré, têtes de lions. Époque Premier Empire.

94 — Lanterne de main, cage en bronze doré. Époque Louis XVI.

95 — Vase en albâtre, forme Médicis, orné de bas-reliefs en bronze doré, sur socle carré. Premier Empire.

96 — Vase forme Médicis en spathfluor, monture bronze doré. Premier Empire.

97 — Buste d'applique de Cérès en bronze, patine foncée, sur fût de colonnette en bois noir.

98 — Statuette de petite fille assise en bronze, patine foncée, sur socle en bronze doré, à feuilles d'acanthe.

99 — Deux lampes à colonnes en bronze vert et parties dorées. Époque Premier Empire.

100 — Deux lanternes processionnelles en fer blanchi et doré. Style gothique.

101 — Pendule, forme lyre, en bronze doré, ornée de têtes de béliers et de têtes de satyres. Socle en marbre blanc. Fin Louis XVI.

102 — Pendule, forme fût de colonne, en marbre blanc, garnie de bronzes dorés et couronnée par une figurine d'enfant jouant au colin-maillard. Fin Louis XVI.

103 — Deux chevaux en bronze, sur socles en bronze doré, ornés de colombes sur des trophées de torches enflammées. xviii siècle.

104 — Terrassement à rocailles en bronze doré, avec deux branches de lumières. En partie époque Louis XV.

105 — Petit groupe en bronze : Enfant sur un dauphin, soufflant dans une conque.

106 — Paire de flambeaux en bronze doré, perlé et
cannelé. Époque Louis XVI.

107 — Paire de flambeaux en bronze argenté, à
rocailles. Époque Louis XV.

108 — Paire de flambeaux en cuivre côtelé et feuil-
lagé. Époque Louis XVI.

109 — Paire de flambeaux en cuivre, à écusson.
Époque Louis XV.

110 — Figure à mi-corps : Joueur de flûte, en
bronze doré. xviiie siècle.

111 — Statuette de nymphe drapée en bronze,
patine verte. xviiie siècle.

112 — Bouquet de tulipe en bronze doré.

113 — Deux pieds de candélabres en bronze doré :
figures de sphinx. Style Louis XIV.

PORCELAINES D'ALLEMAGNE

114 — Bouteille en vieux Saxe, décor à fleurs et papillons, dans le goût chinois ; montures bronze doré.

115 — Chope en vieux Saxe, monture en cuivre doré. xviiie siècle.

116 — Étui en vieux Saxe, décor gaufré et à fleurs.

117 — Petit pot-poudrière en vieux Saxe, décor médaillon à petits personnages et fleurs.

118 — Six manches de couteaux en vieux Saxe, décor à petits, personnages.

119 — Groupe en ancienne porcelaine d'Allemagne : Femme assise près d'un baquet, formant jardinière.

120 — Figurine en ancienne porcelaine d'Allemagne : Personnage tenant une corbeille.

PORCELAINES DE SÈVRES

ET AUTRES

121 — Saladier octogonal en ancienne porcelaine de Sèvres, pâte tendre, décor à bouquets de fleurs.

122 — Tasse et soucoupe en vieux Sèvres, décor à fleurs.

123 — Soucoupe en vieux Sèvres, décor à rayons roses à feuillages.

124 — Petit vase en porcelaine de Sèvres, décor à fleurs ; monture en bronze doré. Style Louis XVI.

125 — Tasse et soucoupe en ancienne porcelaine de Mennecy, pâte tendre, décor à fleurs.

126 — Paire de cache-pots en ancienne porcelaine d'Arras, décor à fleurs en bleu, avec anses à coquilles.

127 — Paire de vases en ancienne porcelaine de Paris bleu-turquoise, rehaussée de dorure ; montures en bronze ciselé et doré, anses à serpents.

128 — Seau en porcelaine de Paris, décor à fleurs.

PORCELAINES DE CHINE
ET DU JAPON

129 — Vase cylindrique, avec couvercle, en vieux Chine, décor bleu sur blanc; monture en bronze doré, à feuilles d'acanthe. XVIIIe siècle.

130 — Potiche, avec couvercle, en vieux Chine, décor à fleurs, famille rose.

131 — Petite potiche en vieux Chine, de la famille verte, décor à fleurs; bords et couvercle en bronze doré.

132 — Vase en vieux Chine, famille verte, décoré de de plantes fleuries.

133 — Sucrier couvert en vieux Chine, décor à fleurs en polychrome.

134 — Porte-bouquet en vieux Chine, décoré d'objets d'ameublement en bleu; monture en bronze doré.

135 — Vase en vieux Chine, fond bleu, décor oiseaux et dragon en ton plus foncé.

136 — Jardinière en vieux Chine, décorée d'objets d'ameublement en bleu.

137 — Paire de bouteilles, forme gourdes, en ancienne porcelaine craquelée de Chine; montures en bronze doré. Style Louis XVI.

138 — Perroquet en ancien grès émaillé de la Chine.

139 — Vase en vieux Chine, décor à fleurs avec dragon enroulé autour du col.

140 — Jardinière de Chine, décor bleu fouetté.

141 — Jardinière à quatre faces en vieux Chine, fond bleu et fond jaune impérial, avec médaillons aux dragons en émaux de couleur.

142 — Vase en porcelaine de Chine bleu barbeau, décor en relief à bouquets de fleurs.

143 — Deux vases cylindriques de Chine, fond blanc gravé, décor à chrysanthèmes en rouge et or.

144 — Deux gourdes à panses aplaties de Chine, décor bleu à personnages.

145 — Petit vase de Chine, forme cylindrique, décoré de poisson.

146 — Deux groupes d'enfants sur chimères en vieux Chine, décor polychrome.

147 — Petit vase en vieux Chine, décor au dragon.

148 — Cantine cylindrique de Chine, décor bleu sur blanc.

149 — Vase avec couvercle de Chine, décor bleu sur blanc à médaillons.

150 — Bouteille de Chine bleu barbeau, décor à fleurs et caractères.

151 — Jardinière de Chine, décor bleu sur bleu.

152 — Petit vase de Chine, décor aubergine, avec couvercle, monture bronze doré. Louis XVI.

153 — Gourde de Chine, fond vert, à fleurs.

154 — Statuette de Japonais, à décor polychrome.

155 — Petit vase gris craquelé de Chine, décor à personnage en bleu.

156 — Petit vase gris craquelé de Chine.

157 — Vase en ancienne porcelaine de Chine, de la famille verte, décor à fleurs, col garni de bronze doré.

158 — Vase cylindrique de Chine, décor au dragon en bleu.

FAIENCES

159 — Paire de flambeaux en faïence de Niederwiller, décor à fleurs.

160 — Vase en ancienne faïence de Nevers, décor à sujet chinois en bleu sur blanc.

161 — Deux médaillons en ancienne faïence de Marseille, décor à scènes champêtres; cadres dorés.

162 — Figurine d'Amour accroupi en biscuit.

MEUBLES

163 — Bureau à cylindre en bois d'acajou. Époque Louis XVI.

164 — Commode à trois rangées de tiroirs en bois rose, palissandre et marqueterie à fleurs, garnie de bronzes dorés, chutes à consoles têtes de lions enguirlandées; dessus en marbre gris rosé. Époque Louis XVI.

165 — Grande armoire à trois portes en bois d'acajou, garnie de moulures de cuivre. Louis XVI.

166 — Casier-cartonnier en bois d'acajou. Louis XVI.

167 — Petite table à tiroirs en bois de rose et de palissandre, pieds à contours, sabots en bronze doré. Louis XV.

168 — Petite table à quatre pieds cannelés en bois d'acajou. Louis XVI.

169 — Petite desserte à deux lumières en noyer, du Directoire.

170 — Encoignure à deux portes en bois d'acajou; dessus en marbre blanc. Louis XVI.

171 — Chiffonnier à sept tiroirs en bois rose et filets de marqueterie, entrées de serrures et tirants en bronze doré; dessus en marbre. Louis XVI.

172 — Casier-cartonnier en palissandre et bois rose. Louis XVI.

173 — Table à volets et à tiroirs en bois d'acajou, pieds cannelés. Louis XVI.

174 — Petite table carrée à tiroirs en bois clair et acajou; dessus de marbre blanc. Louis XVI.

175 — Très petite table rectangulaire avec tiroir en bois rose, palissandre et marqueterie. Louis XVI.

176 — Petite étagère en acajou.

177 — Petite commode à deux tiroirs en bois rose et palissandre, ornée de bronzes; dessus de marbre blanc. Époque Louis XVI.

178 — Console en bois sculpté et doré, supportée par quatre pieds à ornements et mascarons diaboliques reliés par un croisillon; dessus en marbre de couleur, dessin mosaïque. Époque Louis XIV.

179 — Petite console d'angle en bois d'acajou, à pieds cannelés; dessus de marbre blanc. Époque Louis XVI.

180 — Table à La Tronchin en acajou. Époque fin Louis XVI.

181 — Table, forme rognon, en acajou. Fin du XVIIIe siècle.

182 — Six chaises en bois sculpté, peint en blanc et bleu. Époque Louis XV.

183 — Secrétaire à abattant et à deux portes en marqueterie de bois, à fleurs et palissandre; dessus de marbre. Époque Louis XV.

184 — Commode à un seul grand tiroir, élevé sur quatre pieds de forme bombée; dessus en marbre. Signée : *Vassais*. Époque Louis XV.

185 — Deux petites étagères d'encoignures en laque de Chine noir et or.

186 — Petit secrétaire de poupée en bois rose et marqueterie. Époque Louis XVI.

187 — Deux fauteuils en acajou, couverts en velours rouge. Premier Empire.

188 — Table à rafraichissoir en bois d'acajou ; dessus de marbre bleu-turquin. Fin Louis XVI.

189 — Deux fauteuils de bureau en acajou, accotoirs se terminant en têtes de lions. Époque Premier Empire.

190 — Bergère en bois sculpté. Époque Louis XVI.

191 — Petit fauteuil bas en palissandre, pieds cannelés. Forme Louis XVI.

192 — Console sur un pied en bois sculpté et doré, ornée de guirlandes de fleurs. Époque Louis XVI.

193 — Deux fauteuils en bois sculpté, couverts en tapisserie au petit point. Époque Louis XV.

194 — Quatre grandes chaises en bois sculpté et doré, couvertes en damas de soie jaune. Époque Louis XV.

195 — Deux fauteuils en bois sculpté ; dessin à ornements foncés de canne. Époque Louis XV.

TABLEAUX, DESSINS

GOUACHES, PASTELS

BOISSIEU (Attribué à)

196 — *Portraits d'Homme et de Femme.*

Deux dessins.

BOUCHER (École de)

197 — *Les Amours peintres.*

Petit trumeau.

BOUCHER (D'après)

198 — *Le Petit Berger dressant le chien du troupeau.*

Sanguine, par DEMARTEAU l'aîné.

CHARLIER (École de)

199 — *Baigneuses et Amours.*

Gouache.

CHERFILS

200 — *Portrait d'Homme.*

A longue perruque poudrée, habillé, gilet foncé transparent à jabot, regardant vers la gauche.
Signé et daté: *1746.*
Pastel.

CHERFILS

201 — *Portrait d'Homme.*

En habit de velours noir et perruque poudrée.
Signé et daté : *1746.*
Pastel.

DAVID (Attribué à)

202 — *Portrait d'Homme.*

En habit bleu tenant une lettre à la main.

DUPLESSIS

203 — *Portrait de Femme.*

Pastel. Signé et daté : *1762.*

FRAGONARD (Attribué à)

204 — *Portrait d'Enfant mangeant des fruits.*

Cadre style Louis XVI

GREUZE (D'après)

205 — *Portrait de Petite Fille.*

> Coiffée d'un bonnet noir, la tête légèrement inclinée.
> Pastel ovale.
> Cadre en bois sculpté et doré.

LEDUC (Attribué à)

206 — *Scène d'intérieur.*

LÉLY (Attribué au Chevalier)

207 — *Portrait de Grande Dame.*

> En robe de satin blanc, décolletée, avec draperie de
> velours noir, tenant une guirlande de roses, coiffée à la
> Sévigné, avec aigrette dans les cheveux.
> Cadre ancien, bois sculpté et doré.

LE RICHE

208 — *Corbeille de fleurs.*

> Signé à droite et daté : *1783*.

MEISSONIER

209 — *Guerrier du temps de Charles IX.*

> Petit dessin. Signé du monogramme.
> Cadre doré à rocailles fleuries.

MIGNARD (École de)

210 — *Portrait de Jeune Femme.*

En costume de cour, parée de joyaux.
Cadre en bois doré. Style Renaissance.

MONTICELLI (Attribué à)

211 — *Réunion de jeunes femmes et d'enfants dans un parc.*

PATER (Attribué à)

212 — *Après la première passe.*

Personnages de la Comédie italienne, réunis dans un parc.
Dessin.

PIERRE (Attribué à)

213 — *Portrait présumé d'un jeune Prince d'Orléans en costume militaire.*

Toile ovale.

TENIERS (Attribué à David)

214 — *Place de village.*
Animée de nombreuses figures et de troupeaux de bœufs et de porcs.
Cadre ancien, bois sculpté et doré.

VALLAYER-COSTER (Signé Madame)

215 — *Bouquet de fleurs.*

Aquarelle.

VAN HUYSUM

216 — *Vase de fleurs.*

Signé et daté : 1722.

VAN HUYSUM (Attribué à)

217 — *Table chargée de homards, de fruits et autres objets.*

VAN LOO (D'après)

218 — *Les Petits Architectes.*

VERNET (Attribué à)

219 — *La Place d'Armes de Saint-Pétersbourg.*

Dessin gouaché.

WATTEAU (Attribué à)

220 — *Étude de Têtes de Femmes.*

Dessin.

ÉCOLE ANCIENNE

221 — *Tête de vieillard à barbe blanche.*

ÉCOLE ANCIENNE

222 — *Portrait d'Homme.*

> Coiffé d'un turban.
> Cadre en bois sculpté et doré.

ÉCOLE ANCIENNE

223 — *Junon et les Amours.*

> Panneau décoratif.

ÉCOLE FLAMANDE

224 — *Portrait de Femme.*

> En robe noire décolletée, avec fichu blanc, coiffée
> d'un toquet à plumes, parée de perles.
> Petit tableau sur bois.
> Cadre ancien, bois sculpté.

ÉCOLE FLAMANDE

225 — *La Découverte d'un crime.*

> Paysage montagneux, avec personnages.

ÉCOLE FRANÇAISE (XVIIIe siècle)

226 — *Portrait de Femme.*

A coiffure bouclée, avec guirlande de roses, robe rayée rouge et noir, la poitrine à demi-cachée par un fichu de tulle brodé.
Toile ovale.

ÉCOLE FRANÇAISE (XVIIIe siècle)

227 — *Portrait de Femme.*

A cheveux poudrés tombant en longues boucles sur les épaules, la tête tournée de trois quarts vers la droite.

ÉCOLE FRANÇAISE (XVIIIe siècle)

228 — *Portrait de Femme.*

En manteau bleu, coiffée d'un bonnet.
Pastel.

ÉCOLE FRANÇAISE (XVIIIe siècle)

229 — *Portrait de Jeune Femme.*

A cheveux poudrés, corsage décolleté, avec épaulette à rang de perles.
Pastel.

ÉCOLE FRANÇAISE (xviiie siècle)

230 — *Portrait de Jeune Fille*.

Coiffée d'un bonnet de tulle enrubanné de bleu, la gorge à demi-cachée par un fichu de mousseline.
Pastel.
Cadre ancien en bois doré.

ÉCOLE FRANÇAISE (xviiie siècle)

231 — *Portrait de Femme*.

En robe à grands ramages, cheveux poudrés, ornés d'aigrettes fleuries ; assise dans un fauteuil, tenant d'une main un médaillon et, de l'autre, son éventail.
Pastel.

ÉCOLE 1830

232 — *Portrait de Femme*.

En robe noire, avec bonnet enrubanné.

ÉCOLE FRANÇAISE

233 — *Portrait de Grande Dame*.

En robe de satin blanc, avec corset armure, tenant une branche de fleurs à la main, une draperie rouge jetée sur ses épaules ; coiffure à longues boucles, parée de perles.

ÉCOLE FRANÇAISE

234 — *Portrait d'un Artiste.*

En habit vert et cravate rayée rouge et noir.
Toile ovale.

ÉCOLE FRANÇAISE

235 — *Scène de combat de cavaliers.*

Très petit tableau rectangulaire.

ÉCOLE FRANÇAISE

236 — *Portrait d'un Jeune Prince d'Orléans.*

En costume militaire, représenté en pied, se promenant dans un paysage.

ÉCOLE FRANÇAISE

237 — *Portrait de Petite Fille.*

En communiante, tenant un petit chien en laisse.

ÉCOLE FRANÇAISE

238 — *Portrait d'Homme.*

A perruque blanche, enveloppé dans un manteau bleu. Époque Louis XIV.
Pastel.

ÉCOLE FRANÇAISE

239 — *Portrait de Femme en pèlerin.*
Pastel.

ÉCOLE FRANÇAISE

240 — *Bélisaire.*

ÉCOLE FRANÇAISE

241 — *Réunion d'Enfants dans un parc.*
Dessus de porte.

ÉCOLE FRANÇAISE

242 — *Le Berger surprenant la Bergère endormie.*
Dessus de porte.

ÉCOLE FRANÇAISE

243 — *Jeu d'Enfants.*
Dessus de porte.

ÉCOLE FRANÇAISE

244 — *L'Enfant à la cage.*
Sanguine.

ÉCOLE FRANÇAISE

245 — *Daphnis et Chloé.*

Joli dessin à la mine de plomb.

ÉCOLE ¡FRANÇAISE

246 — *Le Petit Joueur de vielle.*

Dessin.
Cadre ancien en bois doré.

ÉCOLE FRANÇAISE

247 — *Portraits de Turc et de Femme orientale.*

Dessin à la mine de plomb, rehaussé de sanguine.

ÉCOLE FRANÇAISE

248 — *Vénus jouant avec l'Amour.*

Dessin.
Cadre en bois et cuivre dorés.

ÉCOLE FRANÇAISE

249 — *Paysages.*

Deux dessins rehaussés de couleurs.

ÉCOLE FRANÇAISE

250 — *La Justice et la Vengeance.*

Dessin à la plume et au bistre.

ÉCOLE FRANÇAISE

251 — *Le Déjeuner.*

Gravure en couleurs.

ÉCOLE ITALIENNE (xviiie siècle)

252 — Trois portraits de femmes, d'après PAUL VÉRONÈSE, LÉONARD DE VINCI et LE PARMESAN.

Dessin rehaussé de sanguine.

253 — Cadre ovale en bois sculpté et doré. Style Louis XVI.

254 — Cadre rond, avec coquille au fronton, en bois sculpté et doré. Époque Louis XIV.

255 — Objets omis.

www.ingramcontent.com/pod-product-compliance
Ingram Content Group UK Ltd.
Pitfield, Milton Keynes, MK11 3LW, UK
UKHW031738170726
13836UKWH00002B/744